CHUANGYI YINGXIAO · SHOUHUI POP

创意营销·手绘pop

字库
ZIKU

主编

陆红阳　喻湘龙

编著

黄江鸣　黄仁明

广西美术出版社

目录

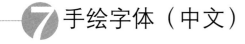

手绘POP（point of purchase）广告又称门店张贴海报。这类广告直接面向店内外顾客传播商品信息，改善商店内外环境，营造购物气氛，从而提升销售成绩。这种以POP形式进行广告营销的手段在国内外的零售门店中都在广泛地应用。

　　手绘POP广告的功能作用就在于引起顾客的注意，唤起购买意识。手绘POP广告的特点是批量小、品种多、速度快，轻松活泼，无需印刷即可实现。手绘POP广告的表现特点是：1.徒手书写POP海报，活泼而不刻板，具有较强的亲和力；2.书写过程中不必十分工整，但笔画设计安排要符合视觉美感的基本原则；3.在手绘POP广告字体设计中，某些字为了吸引注意，可采取特殊的POP设计写法进行创意，但应注意字形的识别性，不要故做奇异形态，令人难以识读；4.要善于把手绘POP字当成一个记号来看，充分发挥我们的想像力和创造力，与其说是在写字，不如说是造字。

　　手绘POP广告还具有很强的人文特点，能满足地域性强的消费群体的识读兴趣，有效地实现广告功能作用。

　　手绘POP广告常使用的工具与材料有：1.麦克笔（水性、油性）、粉彩、蜡笔、彩色铅笔等，这类笔可以表现出字体的特殊质感，使画面更加丰富，在字体或图案表现上可呈现出不同的风味。2.POP经常使用的颜料要效果佳，色彩鲜明浓厚，覆盖力强，快干，可平涂大小面积。须注意广告颜料与水的比例，若水分太少就会有厚重感，干后易龟裂；若水分太多就会失去颜料的鲜艳感。3.丙烯颜料，它由水性颜料加合成树脂制成，具透明度、水溶性、快干等特点，干后表面形成一层胶膜，耐久性佳。4.彩色墨水，色彩鲜艳，液状不沉淀，可直接用于喷笔，但耐光性弱，要避免阳光直接照射。　常使用的纸张有：1.一般纸张。铜版纸、粉彩纸、西卡纸等吸水力不佳的纸张，较适合麦克笔平涂时使用；2.特殊纸张。如防水胶贴纸、色彩纸等；3.装饰纸张。用于不同场合，表达不同主题需求的纸张。例如要表达中国风味的主题，采用牛皮纸、底纹纸就会表现出不同的感觉。要了解纸的特性，恰到好处地选用。

　　手绘POP广告的表达形式有图形表达、图形文字表达、纯文字表达三种。这本书介绍了一千多种手写字体，主要目的是为国内零售门店中的专业或非专业美术人员提供丰富多彩的POP广告字体参考，便于他们更快、更好地完成营销广告宣传，有效提升门店销售业绩。

手绘字体

中文
POP

纯手术

造型設計

海洋馆

懂得藏私·
力仔只专业·

美容产品

中国肚兜

南宁
欢迎各大
品牌加盟
入驻！

百货

前卫.时尚
传统.性感

全场日折 LEE

最好由无量

死亡笔记

详解翻译

灵魔

郎金香

咖喱拉板

平凡利人

疯狂

新特到

烤五米

雅致

糖品屋

阿尚基地

加速E

清享一夏

世界奇石

数码相机

特色老汤

红富士

欢乐中国

采风展

幸福之旅

斑点狗

新风频道

1234567 89

传统风味

炫 晨练

快乐百味

清风阁

茶道

情人节

纯正享受

清爽地道

新年如意

西借坛子

新货到

无与伦比

热卖中

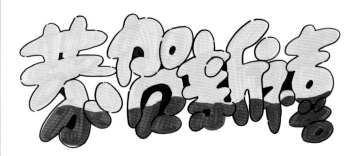

少女系列　品味滋味

再按两厉　傳统口味

自然品坐　流行时

百草村吧

唐人街

《正式±精神》

经典佳礼·好嫦值

经典佳礼·好嫦值

经典佳礼·好嫦值

经典佳礼·好嫦值

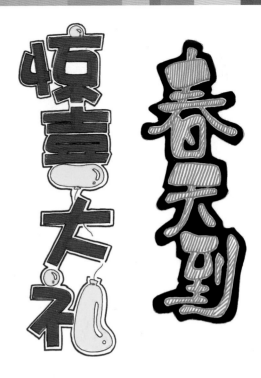

环保系列

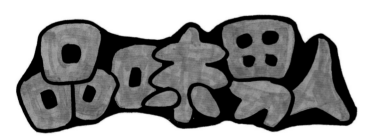

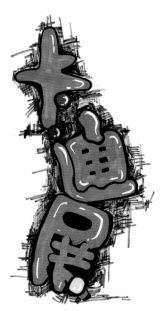

雜誌大展

便宜好吃

誰進請坐

清凉夏

好小子　专卖

浪漫之夜　阳光之旅
风情万种　非常男女
考核小组　东盟博览
专业技术　自由贸易
沧海横流　小桥流水
分享快乐　和风细雨
劳务输出　都市风情
浪漫之夜　东方时空

互联星空

与春天约会

黑羊食府

香煎禾花鱼

友情客串

按质按量

倾情演绎

歡樂時光

要點编會

外語輔導

休闲空间

招生考試

闪亮登场

流行花色

流金岁月

化装晚会

寻妙情趣杯中生

寻妙情趣杯中生

寻妙情趣杯中生

寻妙情趣杯中生

寻妙情趣杯中生

移动无线·精彩无限

开心就在英特尔

千店同庆·一诺千金

时尚烹调添情趣

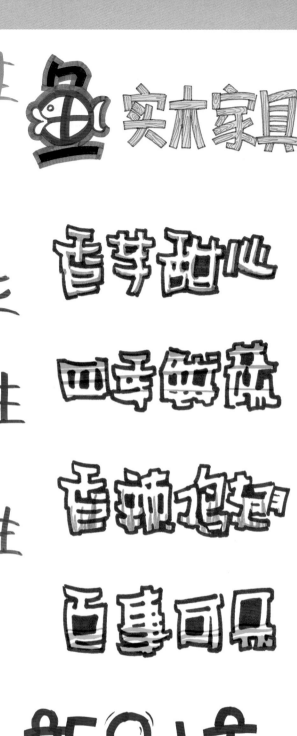

鱼 实木家具

香芋甜心

回味无穷

香辣鸡翅

百事可乐

新品上市

全场8折

永远的纪念
美好的生活
但愿人長又
喜结连理枝

现代艺术展

袖珍英汉小词典
校园文化艺术书
旅游开发项目
超市宣传部门

新闻报道
报章摘要
要闻快报
晚间速递

海洋生物

环境保护
校园文化节
历史名城

激情一族

优惠供应

中秋月饼
皇家技花苑

数码科技
专业趋势

商品流通
市场竞争
老牌企业

名牌产品
质量保证

香格里拉

一气呵成

不能自已

天府地久

郁里不能

老当益壮

不相上下

生气飞扬

东盟各国外交部

桂林山水甲天下

巴勒斯坦大使馆

中华人民共和国

跳舞街 洋货店 铜锣湾 尖沙嘴 新鲜嘟 流行曲 劲暴风

酒吧 超市 批发百货

鞋帽城 品牌店经营

茶道 商品信息 物业

骏马 招生方向 管理

招聘 四川风味 麻辣

電脑 系统程序 顿挫

数码 移动通讯 网络

与其怨天尤人,感叹怀才不遇

不如调整看事情的角度,

主动改变自己所在的位置,

用具体的行动让思考闪亮,

生命就会发光!

照亮自己的人生,

体会之后的瓦解,

创造机会.

家和万事兴

家和万事兴

家和萬事興

家和万事兴

家和萬事興

最新 星际

高速 主持

寂静 也許

竞争 或者

万家乐

萬家樂

萬家樂

营销策略

市场规模

品牌定位

抓住商机

英语天地

文学艺术

风险意识

股海投资

幻彩黑

商战

校园歌手

动 动 动 动 动

物 物 物 物 物

世 世 世 世 世

界 界 界 界 界

理 购 能 罗 限 野 性

绕 翘 粗 吸 现 绝 妙

乾 活 滑 风 竞 争

新款上市　校园新人

免费试吃　青山果木

仲夏特餐　中华豆腐

百万家电　生活教育

校园之美　铅字画稿

文摘报　唱山歌

读书郎　丽人行

西乡東输　雨过天晴

乌鲁大齐　风和日丽

神珍小字典　克里姆特

新藝術運动　动画课练习

莲蒂儿女睡衣　中国新画派

华锦丝柔短裤　学生会活动

贸易往来　教育强国

国际关系　港式红豆水

时空城　高度集成

号码头　田家宝藏

鲜男吸　出土文物

要机会　装饰艺术

亻力口彐匕乚日女廾内

方女本心禾子女乃勹

至纟女刈足广页夕也

立刀米女云马片足夫

新年快乐　日本插花

时尚基地　男生女生

三八节日　爸爸妈妈

卓 樱花房　民生广场

香格里拉　茉莉花茶

数字高清　里格利夫

马路天使　国际标准

马路天使　联合致富

海尔洗衣机

酷儿香橙饮料

乐邦阿迪锅

活性维生素水

骏长办公笔

娃哈哈纯净水

学生文件夹

统一绿茶饮料

高科复读机

新天红葡萄酒

快易通辞典

漓泉生态啤酒

青苹果棉衣

博力丝绵茄克

袋鼠长袖T恤

亿博男士衬衫

地道好酒　海外游子

良好品厚　电影欣赏

优秀传统　呂片追踪

戏剧精品　呂片追踪

中国设计　星光灿烂

商品营销　歌声嘹亮

杂技表演　呂著欣赏

艺术天地　天涯歌女

新闻报道　美术星空

别和自己过不去！
只要把脑袋干激转，
跟自己谈和，从悲伤
中吸收快乐的养分。

训练您的耐性

训练您的体能

培养您的心境

彩印影印　每天想你

珍珠贝壳　拥有生活

音乐中国　你的心

美丽天使　我明白

空前成功　祝愿你

国内盛况　大家好

电脑 新款

定调 红酒

美点 展示

挑战你的胃

不受拘束的

模点部

两只蝴蝶

永不退缩

冲动的惩罚

红色警戒线

北方的天空

丁香花

心醉

小薇

吻眼睛

商業银行实质条例
金融竞争应立足公平

优秀服务体现精神
良师益友传授经验

新鲜感受美味出众
雅俗共赏藝術風格

美的演绎 创造动人美志

美的演绎 创造动人美志

美的演绎 创造动人美志美志

美的演绎 创造动人美志

展现个性舞台

展现个性舞台

展现个性舞台

展现个性舞台

演奏共同的旋律

演奏共同的旋律

演奏共同的旋律

演奏共同的旋律

演奏共同的旋律

演奏共同的旋律

走进古典与现代时空

吉祥平安过大年

迎春纳福 中华年

学术讲座

笑迎宾朋

民族服装

星级宾馆

优惠促销

玩乐新主张.娱乐无限

玩乐新主张.娱乐无限

玩乐新主张.娱乐无限

玩乐新主张.娱乐无限

玩乐新主张.娱乐无限

玩乐新主张.娱乐无限

玩乐新主张.娱乐无限

岁月无情青春无价

留住美好的時光

春夏秋冬阴晴圆缺

奥林匹克中华盛典

经贸发展物质流通

国富民强赞我中华

连续数码变焦等级

显示清晰明快效课

美国年度销量冠军榜

豪华尊贵雅韵盎然

轻易搜取众人的目光

功能满足同等舒适

音响空调倍增品味

高档配置现代一流

动力澎湃极具动感

行路表现高人一筹

安全防护周到明了

结构设计专注完美

特价 优惠 赠送

特价 优惠 赠送

特价 优惠 赠送

特价 优惠 赠送

特价 优惠 赠送

特价 优惠 赠送

中国广西南宁绿城

学校 公园 超市

天空 白云 草地 大海

手机 电视 电脑

洗衣机 电冰箱 足球

卫生间 收银台 服务台

商场 阅览室 电话亭

春节 情人节 清明节

母亲节 劳动节 儿童节

端午节 中秋节 冬至节

国庆节 圣诞节 元旦

北京 上海 天津 重庆

广州 深圳 南宁 四川

湖南 湖北 昆明 大连

北海 桂林 柳州 合浦

超薄时尚移动硬盘。超薄.超轻.便于携带.外型时尚亮丽.移动信息随身携带.嵌入式系统智能识别接口类别.无需驱动。

清清的酒，雅致的榻榻米。

畅销装饰品.店里时兴

我有我的混音天地。

创造完美咖啡品味

创造完美咖啡好品味

创造完美咖啡好品味

创造完美咖啡好品味

鱼美汤鲜让您叹为观止

八月十五新潮月饼，日本料理度中秋

梦咖啡～纯粹咖啡味悦！

联想品质 · 值得信赖

"室用易用而好用"

时尚设计　领导潮流

阳光服务　在您身边

西街一年轻人的个性选择

掌握流利英语.获取广博精彩见识.

让您享受心灵与自然的亲密接触

把时间交给欢愉

把喜悦的心情交给

你我美丽的相遇

有什么样的声音

就有什么样的铃声

天生我酷还精彩!

古老浓醇的威士忌

日本料理,饮食新潮流

抓住瞬间乡土之情

细心呵护宝贝衣裳

打造你我的音乐天堂

全国爱牙日,一起来多爱它一点!

服务创造价值

服务创造价值

服务创造价值

服务创造价值

服务创造价值

天生我酷我精
彩 超彩显示屏
厨房小电器时
尚烹调添情趣
新鲜常伴 香浓
陈年老酿 醇香
全自动电脑控制

落花·李商隐
高阁客竟去 小园花乱飞
参差连曲陌 迢递送斜晖
肠断未忍扫 眼穿仍欲归
芳心向春尽·所得是沾衣

一切能给人
类带来创造性
突破的东西我
们都想去制造

追求完美的理
念不断自我
突破超越
個性新组
合魅力
犹記小桥
初見面,柳
絲正長桃
花正艳,萬
种柔情都
传遍 ...《小雲間》

春来茶節

购物券

整理 紅茶

手如

藍調低語

界面友好、设计精巧.
可播放音乐.用户数最多.
但处理能力弱.

在此基础上
又进行复杂
的二次育肥
过程确保牛
肉的大理石
纹丰富美观

母親之愛,
人間至情讓
我輕輕叫一聲
媽,我愛您

运 扯 却 芳
木 呲 长 美
杏 恃 角 流

五月天 心意

中秋快樂

十字街头
口感细滑
天天中梁
社会上层
招财指

机会难得

全新体现

五月天里在阳光
的亲吻下皮肤
就会变得干燥

你知道吗

江山如此娇

为什么?

美好口味时光

欢乐总动员

全新突出科技

甜蜜印象经典

非凡拥有

风中的舞者.

新鲜货

保险

五香

好莱坞

孔夫子

想象创意

高考信息

结构素描

潮南风味

春节

炒菜

质量
报告

去节剧

数字
电视

写作论坛

新闻人物

新闻报道
历史回顾

花生牛奶

米粉

老牌

面条

野性

QQ功能
魅力
手机
四射

干锅
艺术灵性
狗肉
热爱自然

火锅
鱼煲

便宜好吃

跳 跳 维 谢 勇 维 歪 想

艰 叁 询 列 某 忽 宜

妹 隶 政 香 衷 晒 映

笑 值 险 咱 映 脉 吃

元型光先 刊印那形

訂託設詩 判劫部彩

町虹蛙畝 別即郵影

畝財則恥 刷卵都彭

刊印部形 劉卿鄉彬

詩軟紡跡 煩虛趣紅

左府布展

购物天堂　天真烂漫

现场派送　光彩童年

劲爆节奏　信息汇编

数码广场　理想展现

高贵品质　彩屏手机

引领设计新时尚

方显英雄本色

New Year

手绘字体

英文

PQP

abcdefg abcdefghijklmno

abcdefghijklmnopq

abcdefghijklmnopqr

abcdefghijklmnop

qrstuvwxyz

abcdefghijklmnopqrstu

abcdefghijklmnopqrstuvw

ABCDEFG HIJKLMN

OPQRSTUVWXYZ

ABCDEFGHIJKLMNO

PQRSTUVWXYZ

ABCDEFGHIJKLMN

OPQRSTUVWXYZ

abcdefghijklmn

opqrstuvwxyz

A B C D E F
G H J J K L
M N O P Q
R S T U V W
X Y Z

perfect

classical

music

Beautifully

performer

Lucky kid

threat

football

disco

mud

howbad

peaches

cabbages

tobacco

lettuces

BANANA

grasp

America   Greece Oxford

Belgium   Holland Paris

Canada   Indiana Pisa

China   NewYork USA

England   London Tokyo

France   Philippinc Suez

Germany   Television

Supermarket banana

digital

FAVOR

camera

SUPPER

MPEG·X

market

video

picture

TELEPHONE

compute

walkman

stomach

SportBoy

Face to Face

ABCDE

ABCDEFG

FGHIJ

HIjKLMN

KLMNO

OPQRST

PQRST

UVWXYZ

UVWXYZ

ABCDEF

meat

GHIJKLM

peanut

NOPQRS

food

TUVWXYZ

computer

restaurant

restaurant

sale

postoffice

compact

Translation

Talking

policeoffice

newyear

Bus stop

goodluck

Shopping

chicken milk hello

coffee wine Tea

abcdefghij

klmnopqrs

tuvwxyz

ABCDEFGHIJKL

MNOPQRSTUV

WXYZ

abcdefghijk

lmnopqr stuv

wxyz

Drink

fruit

orange

pizza

apple

lucky

Juice

ABCDEFGHIJKLM
NOPQRSTUVWXY
Z abcdefghijklmno
pqrstuvwxyz

abcdef ABCDEFGH
ghijkl IJKLMNO
mnopqr PQRSTU
stuvwx VWXYZ
yz HAPPY NEW YEAR

Happy New Year !

HAPPY NEW YEAR

Television

SNOW

A B C D E
F G H I J K
L M N O P Q
R S T U V W
X Y Z a b c d
e f g h i j k l m n o
p q r s t u v w x y z

communicate

potential

College

Machine

communicate

System

ABCDEFGHI

JKLMNOPQR

STUVWXYZ

ABCDEFGHIJK

Fabric dot

Music Summer

door each beef

cake steak lam

book

TOO

Bea

ABC

DEF

GHI

Summer

COMIC GEEK

Asia

SHINDIG

POP

GOLDEN OLDIE

come on

MY God

BAR BRAWL

Orange

MP3 Sun POP

soho wind POP

TELEPHONE Rain

egg jam
TOMATO

PiP

Square JAW

POTATO

I LIKE POTATO

SPIDER MAN

good

spring

ORi

YUKI

New Year

Hot

speed

My Heart

Automobile

Rock Roll

Wood

Music

time

ice point

cool

porch

sun

elysee

MINI

see

mini

Birthday

mini

PART

9

手绘字体

数字

POP

1234567890

1234567890

1234567890

1234567890

1234567890

1234567890

1234567890

1234567890

1234567890

1234567890

0123456789

0123456789

1234567890

1234567890

1234567890

1234567890

1234567890

1234567890

1234567890

1234567890

1234567890

1234567890

1234567890

1234567890

1234567890

1234567890

1234567890

1234567890

1234567890

1234567890

1234567890

1234567890

1234567890

1234567890

1234567890

1234567890

123456789

123456789

0124975

2397 5867

347852 3248

100234 69361

435710

235.6 φ83 4 35

889 2005 76

536 #999

217548

338

65390

42375

342581

976

92367

574

791

642C

1248

4557

8926

295 473 21987

681 306 4530

543 962 35

0123456789

1 2 3 4

5 6 7 8

5328

188900

9 10

69 6908

8934217 56   6938

35406   2450

68759   8375

90243   24

123480   159

80B8 34   2560元

V70 78   1980

图书在版编目（CIP）数据

手绘POP．字库／陆红阳，喻湘龙主编．—南宁：广西美术出版社，2005.7
　（创意营销）
ISBN 7-80674-669-2

Ⅰ.手... Ⅱ.①陆...②喻... Ⅲ.广告－美术字－设计 Ⅳ.J524.3

中国版本图书馆CIP数据核字(2005)第066094号

本册作品提供：

龙晓辉	陈兑强	李悦	鱼柳汉	张海燕	杨夏溪	何佩霖	韦禄橙	樊海鹰	杨扬
闫玮	刘月丽	刘佳	陈晓萌	岑昆阳	胡瑾	黄瑾	赵珊珊	雷鹏	周河
卢宇宁	陆芳菲	李田	潘玉波	黄丹萍	唐恬	汤荣春	黄娟	汤振春	陆霞
邹奇城	周福纯	文鹏	陈歆	黄晓明	罗和华	陈思成	谭仁生	李华	钟国伟
韦敏	张贵	蔡世机	徐妍	张布雷	邓燕萍	罗莎	初大伟	阳宝芳	周晗
周庭英	张辉	高旋	苏羽凌	熊燕飞	张洁	王雯雯	郭妮	陈夏嫦	韦燕
陆超	姚熙	夏筱蓉	钱康	黄绍佳	陈顺兰	李阳	黄团	陈宁莉	

创意营销·手绘POP
字库

顾　　问／柒万里　黄文宪　汤晓山　白　瑾
主　　编／喻湘龙　陆红阳
编　　委／陆红阳　喻湘龙　黄江鸣　黄卢健　叶颜妮　黄仁明
　　　　　利　江　方如意　梁新建　周锦秋　袁莜蓉　陈建勋
　　　　　熊燕飞　周　洁　游　力　张　静　邓海莲　陈　晨
　　　　　巩姝姗　亢　琳　李　娟
本册编著／黄江鸣　黄仁明
出 版 人／伍先华
终　　审／黄宗湖
图书策划／姚震西　杨　诚　钟艺兵
责任美编／陈先卓
责任文编／符　蓉
装帧设计／阿　卓
责任校对／陈宇虹　陈小英　尚永红
审　　读／林柳源
出　　版／广西美术出版社
地　　址／南宁市望园路9号
邮　　编／530022
发　　行／全国新华书店
制　　版／广西雅昌彩色印刷有限公司
印　　刷／深圳雅昌彩色印刷有限公司
版　　次／2005年1月第1版
印　　次／2005年1月第1次印刷
开　　本／889mm×1194mm　1/16
印　　张／6.5
书　　号／ISBN 7-80674-669-2/J·483
定　　价／35.00元